Croquemitaine

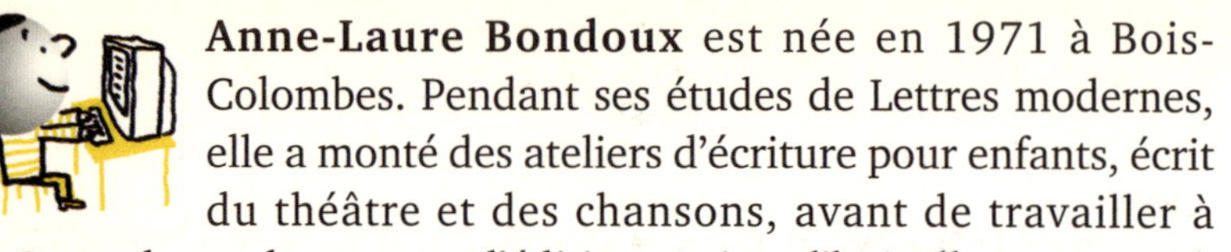

Anne-Laure Bondoux est née en 1971 à Bois-Colombes. Pendant ses études de Lettres modernes, elle a monté des ateliers d'écriture pour enfants, écrit du théâtre et des chansons, avant de travailler à Bayard pour la presse et l'édition. Aujourd'hui, elle est auteur à temps plein. Ses romans sont publiés chez Syros, Hachette et Bayard Éditions.

Du même auteur dans Bayard Poche :
Le prince Nino à la maternouille (Les belles histoires)
Les bottes de grand chemin - Mon amie d'Amérique (J'aime lire)

Serge Bloch est né en 1956 à Colmar. Actuellement il est directeur artistique à Bayard. Quand il lui reste du temps, il fait des illustrations pour les petits et les plus grands ; il adore aussi faire des dessins humoristiques.

Du même illustrateur dans Bayard Poche :
Les crétins punis (Mes premiers J'aime lire)
Privés de télé (Les belles histoires)
Mon copain bizarre - Le professeur Cerise - L'atroce monsieur Terroce - Tempête à la maison (J'aime lire)

Dépôt légal : janvier 2005
Loi du 16 juillet 1949 sur les publications destinées à la jeunesse.

Le Croquemitaine

Une histoire écrite par Anne-Laure Bondoux
illustrée par Serge Bloch

mes premiers j'aime lire
BAYARD POCHE

Chapitre 1
Trois enfants courageux

Chaque printemps, le Croquemitaine se réveillait et sortait de sa grotte. Il avait faim, très faim ! Alors, il descendait de sa montagne, jusqu'au village le plus proche. De sa voix d'ogre, il réclamait trois enfants. Puis il les emportait dans sa grotte pour les manger. C'était ainsi depuis mille ans.

Mais, cette année-là, les enfants du village décidèrent de se débarrasser du Croquemitaine. Ils allèrent trouver une magicienne et lui demandèrent :

– Comment faire pour que le Croquemitaine nous laisse tranquilles ?

La magicienne expliqua :

– C'est très difficile ! Il n'y a qu'un moyen : il faut faire rire le Croquemitaine... trois fois !

Les enfants se réunirent pour réfléchir, puis ils annoncèrent aux villageois :

– Nous avons choisi les trois enfants qui iront chez le Croquemitaine. Ce sont les plus malins d'entre nous !

Félicie, Hector et Zora s'avancèrent sur la place.

Leurs parents se mirent à pleurer, mais les enfants les rassurèrent :

– Nous le ferons rire ! s'écria Félicie.

– Trois fois ! précisa Hector.

– C'est promis ! conclut Zora.

Le lendemain, la montagne trembla, les arbres frémirent, les cailloux du chemin roulèrent, et le Croquemitaine apparut. Les trois enfants se tenaient prêts.

Le Croquemitaine fit un sourire cruel. Cette fois, il n'avait même pas besoin d'utiliser la force pour obtenir de la chair fraîche !

Il attrapa les enfants et les fourra dans son sac. À l'intérieur du sac, il faisait noir et ça sentait mauvais.

Le long du chemin, les enfants se répétaient des histoires drôles. Mais plus ils approchaient de la grotte, moins ils avaient envie de rire.

Chapitre 2

La recette de Félicie

Le Croquemitaine arriva dans la grotte. Il ouvrit le sac, plongea sa grosse main à l'intérieur et attrapa Félicie. Hector et Zora s'écrièrent :

– Vite, Félicie ! Raconte-lui une histoire drôle !

Déjà, l'ogre ouvrait la bouche. Félicie bafouilla :

– Vous... vous connaissez l'histoire de la fourmi et du mille-pattes ?

Le Croquemitaine, étonné, ouvrit grand ses yeux noirs et globuleux.

Félicie se dépêcha de continuer :

– Une fourmi et un mille-pattes ont rendez-vous au restaurant, à midi. La fourmi est à l'heure. Elle entre dans le restaurant, et...

Félicie devint très pâle. Elle n'arrivait plus à se souvenir de la suite de l'histoire !

Le Croquemitaine gronda :

– J'ai faim ! Et je vais te manger !

– Toute crue ? demanda Félicie en tremblant.

– Et tout de suite ! répondit l'affreux ogre.

Félicie s'exclama :

– Un enfant cru, c'est très mauvais ! Votre maman ne vous a pas appris ça ?

Très surpris, le Croquemitaine posa Félicie par terre et demanda :

– Ma maman ?

Félicie se dépêcha d'expliquer :

– Mais oui ! Elle aurait dû vous apprendre à cuire, à rôtir, à mijoter ! Je vais vous montrer ! Pour commencer, il me faut du bois, une marmite, des allumettes, une grande louche, du sel, du poivre...

Le Croquemitaine eut l'air intéressé. Il fouilla dans ses affaires et revint, les bras chargés.

Pendant une heure, Félicie donna des ordres : « Apportez-moi un peu de ceci, un peu de cela... » Bientôt, une délicieuse odeur envahit la grotte. Félicie trempa la grande louche dans la marmite :

– Goûtez-moi ça.

Les yeux du Croquemitaine brillèrent de plaisir. Quel délice ! Il goûta et regoûta la sauce. À la fin, il se pencha pour lécher le fond de la marmite, et soudain un drôle de son résonna sans sa gorge :

– Oh oh oh ! C'est trop bon !

Un rire ! C'était le premier rire du Croquemitaine ! Il sortit la tête de la marmite et regarda Félicie en disant :

– C'est bizarre ! Maintenant, je n'ai plus envie de te manger ! Je vais chercher un autre enfant !

Chapitre 3

Les poux d'Hector

Le Croquemitaine fouilla dans son sac. Il empoigna Hector et il annonça :

– J'ai faim et je vais te manger !

Hector s'écria :

– Attendez ! Il vous faut d'abord la suite de l'histoire drôle...

Mais Hector s'arrêta brusquement. Horreur ! Il avait oublié la suite, lui aussi ! Le Croquemitaine était bien décidé à avaler son déjeuner. Il approcha Hector de sa bouche. Alors, Hector se mit à se gratter comme un furieux en criant :

– Ne me mangez pas ! J'ai des poux !

Le Croquemitaine gronda :

– Poux ou pas poux, tu finiras dans mon estomac !

Félicie soupira, l'air désolé :

– Pauvre Croquemitaine ! Il ne sait pas ce qui arrive lorsqu'on mange un enfant plein de poux !

Hector ajouta très vite :

– Oui ! Les poux entrent dans la bouche. Ils sautent d'une dent sur l'autre. Ensuite, ils glissent sur la langue, ils tombent dans la gorge, jusqu'à l'estomac, et là...

Hector secoua la tête tristement.

– Et là, quoi ? demanda le Croquemitaine.

– C'est trop horrible pour que je le raconte, répondit Hector.

Effrayé, le Croquemitaine déposa Hector à terre.

– Vous voulez vraiment le savoir ? demanda le garçon. Allongez-vous, je vais vous montrer.

Le Croquemitaine obéit. Aussitôt, Hector lui sauta dessus.

Il le chatouilla partout en criant :

– Les poux attaquent de l'intérieur ! C'est une vraie torture ! Certains ogres en sont morts de rire !

Plus Hector chatouillait, plus le Croque-mitaine soufflait et s'étranglait. Enfin, il éclata d'un gros rire :

– Oh ah oh ! Hi hi oh !

C'était le deuxième rire du Croquemitaine ! Hector descendit du ventre et proposa :

– Enlevez mes poux et mangez-moi !

– Je n'ai plus tellement envie, dit le Croquemitaine, avec des larmes de rire aux coins des yeux.

Il ajouta :

– Je préfère aller chercher un autre enfant.

Chapitre 4

La ruse de Zora

Le Croquemitaine sortit Zora du sac et l'examina de tous les côtés. Puis il déclara :

– Tu n'as pas de poux, toi ! Je vais donc te manger !

Zora recula :

– Attendez ! Je connais la suite de l'histoire de la fourmi, et...

Mais le Croquemitaine approcha sa grosse tête du visage de Zora et cria :

– Je ne veux pas d'histoire drôle ! J'ai trop faim !

En sentant l'horrible haleine de l'ogre sur son visage, Zora hurla :

– Vous êtes vraiment égoïste ! Je suis grande et dodue : il faut me partager avec d'autres ogres !

Le Croquemitaine regarda autour de lui :

– D'autres ogres ? Mais je ne connais pas d'autres ogres.

– Quoi ? Vous n'avez pas d'amis ? s'étonna Zora.

Le Croquemitaine secoua la tête. Zora déclara :

– C'est trop triste ! Allons dehors ! Nous chercherons des amis tous ensemble !

D’un air étonné, le Croquemitaine posa Zora par terre. Elle se précipita vers la sortie, suivie d’Hector et de Félicie. Ils avancèrent sur le chemin en appelant :

– Ouh ! Ouh ! Y a-t-il un ogre affamé par ici ? Ouh ! Ouh ! Nous cherchons un ami pour le Croquemitaine !

Le Croquemitaine les suivait, pas mécontent de prendre l'air. En haut d'une colline, il s'arrêta, posa ses grosses mains autour de sa bouche et cria vers la vallée :

– Je cherche un ami !

Aussitôt, l'écho* résonna :

« Un ami - un ami - un ami… »

* Écho se prononce « éko ».

Un sourire fendit le visage du Croquemitaine. Il cria encore et encore dans la montagne. On aurait dit que des dizaines d'amis lui répondaient. À la fin, il ouvrit la bouche, et un rire joyeux en sortit :

– Ah ah ah !

– Aaaah aaaah aaaah…, fit l'écho.

C'était le troisième rire du Croquemitaine ! Les enfants se regardèrent. Ils avaient gagné !

Aussitôt, le Croquemitaine dit :

– Rentrez chez vous. Moi, je vais me chercher des amis.

Les enfants le virent s'éloigner dans le soleil couchant. Puis ils rentrèrent à toute vitesse au village.

Quel triomphe ! Les enfants avaient mis fin à mille ans de malheurs !

Tandis qu'on préparait une grande fête en leur honneur, Hector et Félicie demandèrent à Zora :

– Tu te souviens vraiment de la suite de l'histoire drôle ?

Zora sourit :

– Bien sûr ! Le mille-pattes arrive avec deux heures de retard. Il explique : « Je suis arrivé à midi ! Mais, à l'entrée, il y avait un panneau "Essuyez-vous les pieds" ! »

Les enfants éclatèrent de rire. Hector dit :

– Tant pis pour le Croquemitaine. Il ne saura jamais la fin de l'histoire !

mes premiers j'aime lire

La collection des premiers pas dans la lecture autonome

 **Se faire peur et frissonner de plaisir**  **Rire et sourire avec**

des personnages insolites  **Réfléchir et comprendre la vie de**

tous les jours  **Se lancer dans des aventures pleines de**

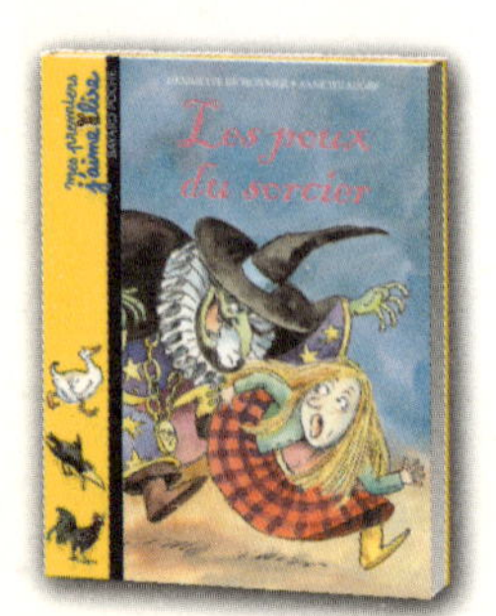

rebondissements  **Rêver et voyager dans des univers fabuleux**

LILI BAROUF
À partir de 6 ans
Partage les aventures de la petite princesse espiègle et gaffeuse !
ARNAUD ALMÉRAS · FRÉDÉRIC BENAGLIA
LILI BAROUF
GARE À L'OGRE !
LILI BAROUF
PANIQUE DANS LA CLASSE !
LILI BAROUF
DÉGÂTS AU CINÉMA !
LILI BAROUF
SORCIÈRE EN COLÈRE !
4 romans
ez ton libraire
Chaque titre : 4,90 €
Bayard JEUNESSE

J'AIME LIRE

Les premiers romans à dévorer tout seul

 **Se faire peur et frissonner de plaisir**  **Rire et sourire avec**

des personnages insolites  **Réfléchir et comprendre la vie de**

tous les jours  **Se lancer dans des aventures pleines de**

rebondissements  **Rêver et voyager dans des univers fabuleux**

Princesse Zélina

Plonge-toi dans les aventures de Zélina,
la princesse espiègle du royaume de Noordévie.

Dévore des romans pleins de rebondissements et découvre l'univers passionnant de l'intrépide princesse.

Un journal intime à partager avec la princesse Zélina. À lire et à compléter.

Retrouve le journal intime de Zélina dans le magazine *Astrapi*.

Tous les 15 jours chez ton marchand de journaux ou par abonnement.

Résous toi-même les énigmes et suis les héros dans des aventures palpitantes et mystérieuses.

Rébus, devinettes, charades et messages codés t'aideront à trouver les solutions des énigmes et te permettront d'avancer dans l'histoire.

Achevé d'imprimer en mai 2005 par Oberthur Graphique
35000 RENNES – N° Impression : 6417
Imprimé en France